POÉSIES

FRANCE ET RUSSIE

POÉSIE BÉARNAISE

AVEC SA TRADUCTION LITTÉRALE

DÉDIÉE

AU GÉNÉRAL BOSQUET

PAR

DESTRADE

Ouvrier Typographe

Suivie de l'adieu adressé sur sa tombe par S. Exc. le
Maréchal NIEL, au nom de S. M. l'Empereur
et de ses compagnons d'armes.

(DEUXIÈME ÉDITION.)

TOULOUSE

SE VEND CHEZ L'AUTEUR, RUE St-JÉROME, 55.

1861

À M. le Général Bosquet.

GÉNÉRAL,

Parfois il m'arrive de chanter la France et ses défenseurs. On peut le faire mille fois mieux, je le sais, mais nul ne le fera avec plus d'amour que moi.

J'ai donc osé vous dédier ces quelques vers, à vous qui aimez tant notre patrie commune, à vous qui lui prouvez chaque jour que

L'amour de la patrie enfante les héros.

Puissent ces faibles chants, patronnés par votre nom, être bien accueillis de mes compatriotes.

Ouvrier, fils d'ouvrier, les études ont manqué à mon enfance; mais vous, Général, indulgent envers lui, vous pardonnerez au poète la délicatesse, le vernis qui lui manque en faveur du but qu'il s'est proposé en chantant et la France et l'homme illustre dont le Béarn s'enorgueillit à tant de titres.

Agréez, Général, etc.

François DESTRADE.

FRANCE ET RUSSIE

Poëtes, où êtes-vous donc? qu'est devenue la lyre
Qui mariait ses chants au bruit de nos clairons?
Maintenant tout est perdu, rien plus ne vous inspire,
  Le pays n'a plus de troubadours.

Quand le France accomplit sa tant grande ILIADE
Quand quelques bataillons couchaient toute une armée,
La France avec orgueil battait des mains,
Et des chants de triomphe accompagnaient leurs pas.
Tous, brûlant de désirs pour la chose publique,
Portèrent leur tribut ; — Empire, République,
Royauté, — ne sont rien... car la France est avant !
Et l'Europe, à genoux, apprenait tous nos chants.

Nous nous trouvons enfin de nouveau face à face,
Esclaves qui marquâtes parmi nous votre trace,

FRANÇO Y RUSSIO

Poètos, oun èth dounc? qu'abet hèyt dé la lyro
Qui mesclabo soun cant à l'arroueyt déous clarous?
Aro tout qu'ey pergut, arré mey noup' inspiro....
    Lou pèys n'a mey dé troubadous.

Couan la Franço accoumpli sa tan gran ILIADO,
Couan caouqués batailhous coutchabon tio armado,
La Franço dab ourgueilh qué trucabo las màs
Y cants trioumphadous qué séguibon lurs pas.
Touts, bruslens dé désis per la caouso publiquo,
Qué pourtèn lur tribut : — Empiro, Républiquo,
Rèyaoutat, — nou soun ré... la Franço qu'ey abans !
Y l'Uropo, à génous, qu'aprénè noustés cants.

Qu'ens troubam dounc enfin dé nabèt faço à faço,
Esclabés qui marquèt dens lou pèys bosté traço,

Qui partout sur notre sol, livré par trahison,
N'avez semé que deuil, que désolation.
Tant de crimes passés appellent la vengeance.
Mais pourtant le Français en montre sa puissance,
Sauvages; il saura, oubliant tout cela,
Éclairer votre esprit, refondre votre cœur.
Nous serons votre soleil, votre terre brumeuse
A besoin pour ses fruits sa chaleur généreuse,
Soleil dont vous êtes privés ; pour venger ces méfaits,
Vous comblera d'amour, d'un million de bienfaits.
Nous sommes possédés d'esprit évangélique:
Vers le Russe tombé, aussitôt qu'il supplie,
Héros triomphateurs, nous tendrons notre main,
Notre toit, notre lit, notre morceau de pain,
Entre nous partagé par l'union fraternelle
Pourra nous lier d'une amitié éternelle ;
Au peuple malheureux par le Czar enchaîné
Vous offrirez votre sang en criant : « Liberté! »

Nous sommes loin de cela : la terre ensanglantée,
Le canon qui gronde, la bombe, la grenade,
En trouant vos rangs, ouvriront votre esprit,
Car le Russe, honteux de se voir si petit,
Alors demandera quelque rayon de science.
La reine d'ici-bas n'est que l'intelligence ;
Seule, elle amortira le pouvoir du tyran,
Et le Russe aussitôt deviendra fort et grand.

Qui pertout suou cami, liourat per trahisou,
Nou sémiabot qué doou, qué désoulatiou.
Tan dé crimés passat qu'appèron la bengenço ;
Y pourtant lou Francés, en mûchan sa puissenço,
Saoubatgés, qu'anira, perdounan tout aco,
Esclayran bost' esprit, réfoundé bosté cô
Qué séram lou soureilh, bosté terro brumou.
Qu'a bésoung, per souns fruts, sa calou générous,
Soureilh doun eth pribats, per benjà lous maouhèyts,
Bous coumbléra d'amou, d'û miliè dé plà hèyts.
Aci qu'èm poussédats d'esprit ébangéliqué,
Bers lou Russo cadut, aouta lèou qui suppliqué,
Héros trioumphadous, qué ténéram la mà,
Nouste teyt, nousté lheyt, nousté bouci dé pà,
Partatjât enter nous per l'uniou fraternello
Qu'ens poudéra ligua d'amistat éternello,
Aou poblé malhurous, per lou Czar estacat,
Qu'ouffrirat bosté sang, en cridan : « Libertat ! »

Qu'èm loueing dé tout aco, — la terro ensanglantado,
Lou canou qui brounech, la boumbo, la grénado,
En houradan lous rengs, qu'oubrira bost' esprit,
Car lou Russo hountous dé's trouba tan pétit,
Qu'appéréra labets caouqu' array dé sapienço.
La rèyno d'aci-bach n'ey qué l'intelligenço ;
Soulo, qu'amourtira lou poudé déou tyran
Y lou Russo labets qué séra hort y gran.

Maintenant de nouveau nous entendons la canonnade :
La France aussitôt a tiré son épée ;
Ses enfants, connaissant les faits de leurs grands-pères,
Abandonnent leur sol, regrettés de leurs mères.
Mais le tambour bat au nom de la patrie :
Renseignés par les vieillards, la route de Russie
Est bien connue par eux ; pour cueillir des lauriers,
Ils partent en chantant, sans regretter leur berceau.

Bosquet a pris à cœur d'augmenter notre histoire ;
Auprès des Béarnais nommés par la victoire
Il se place ; il a droit, sur notre *Livre d'Or*,
D'inscrire son grand nom. — Pour nous c'est un trésor.
Nous t'aiderons, Bosquet ; nous formons une grande chaîne.
Du Rhin l'on peut nous voir jusqu'aux monts de Pyrène,
Armés de nos fusils, de fourches et de faux,
Pour les portes françaises les faire servir de verroux.

Tous, tous, nous porterons, pour orner la patrie,
Par brassées les lauriers cueillis sur la Russie ;
Nous irons au combat, sans nous plaindre du mal,
Pour le grand monument acquérir notre pierre.

O Czar ! tu comptes trop sur la force brutale ;
L'agonie vient ; bientôt l'heure fatale
Sonnera pour toi ; — le cadran du destin,
S'il marche lentement pour annoncer ta fin,

Adaro, dé nabèt, qu'aoudim la canounado,
La Franço qu'a tirat aouta lèou soun espado :
Souns maynats, counéchen lous fèyts dé lurs grans pays,
Qu'abandounon lur soou régrettats dé lurs mays.
Més lou tambour qué bat aou noum dé la patrio :
Renseignats per lous bieilhs, la routo dé Russio
Qu'ey counégudo d'eths, — y per coueilhè laourès
Qué parten en cantan, chens régretta lou brès.

Bosquet qué s'ey carguat d'aoumenta noust' histouèro,
Aouprès déous Béarnés noumats per la bictouèro
Qué's bié plaça ; qu'a dret, sur nousté *Libé d'Or*,
D'escribé soun bèt noum, — qu'ey per nous û trésor.
Qué t'aydéram Bosquet ; nous qué hèm gran cadéno, [réno,
Déou Rhin, qu'ens béden touts, dinqu'aous mounts dé Py-
Dé bous fusilhs armats, dé tihourcqs, dé bédouilhs,
P'éous pourtalats francés haous serbi dé barrouilhs.

Touts, touts qué pourtéram per la nousté patrio
Grans pugnats dé laourés coueilhuts sus la Russio ;
Qu'aniram aou coumbat chens sé plagné déou maou,
Per lou gran mounumen acquési bèt cailhaou !

O Czar ! qu'as trop countat sus la forço brutalo,
L'agounio qué bié ; batlèou l'horo fatalo
Qué sounéra per tu : lou cadran déou desti,
Si marcho lentomens per announça ta fi,

Il veut te donner le temps de voir ta folie,
De te reconnaître enfin, te prouver que la patrie,
Lorsqu'elle crie de douleur, a bientôt engendré
Des milliers de héros, des millions de soldats !

Liberté ! liberté ! toute l'Europe entière
T'appelle du cœur ; tu peux faire sa gloire ;
Tu ne permettras pas que l'aigle brun du Nord
De notre aigle français puisse supporter l'abord.
Liberté ! en ton nom, nous livrons nos batailles,
Enflamme tes enfants, et bientôt les murailles,
S'écroulant tout-à-coup, écraseront
Le Tigre couronné qui croit tout enchaîner.

Quelques hommes, je le sais, marqués par l'infamie,
Ont formé mille vœux pour voir notre patrie
Couverte d'ennemis ; à leur confusion,
Hautement annonçaient une autre invasion (1).
Ils ne comprennent pas combien la France est grande,
Ce que le peuple peut, guidé par l'espérance !
Confiant dans le Seigneur, fort quand il est dans son droit,
Il parle... et les méchants fuient bien loin de lui.

Tout échappe ici-bas : la plus grande puissance
Pense arrêter l'esprit... O Czar ! quand tout t'encense
Tu n'as vu dans le serf, patient dans sa douleur,
Que le pouvoir complet, quand il t'a dit : « Pardon !

Qué boou bailhat lou tens dé bédé ta houlio,
D'eth récounéché û cop, proubat qué la patrio,
Couan crido, à sa doulou lèou qué soun engendrats
Dé milliès dé héros, dé millious dé sourdats.

Libertat! Libertat! touto l'Uropo entièro
Qué t'appèro dé cô qué podes hà sa glouèro,
Nou permetteras pas qué l'Aiglo brun déou Nord
Dé noust' Aiglo Francés qué supporté l'abord.
Libertat! à toun noum qué liouram las batailhos,
Eslâmo touns maynats, y talèou las murrailhos
S'esbounin sus lou cop, qu'aniran esglafa
Lou Tigré courounat qui cret tout estaca.

Caòuqués omis, qu'at sèy, marquats per l'infâmio,
Qu'an fourmat millo bots per bédé la patrio
Couberto d'ennémics, — à lur counfusiou,
Qu'announçabon tout haout bèro aout' inbasiou (1).
Nou coumprénen dounc pas qu'in ey grano la Franço,
Ço qui lou poblé pot, guidat per l'espéranço!
Counfian dens lou Ségnou, hort couan ey dens lou dret,
Qué parlo, lous méchans qué houéyen plà loueing d'eth.

Tout qu'escapo aci-bach, la mey grano puissenço
Que cret gaha l'esprit.... O Czar! couan tout t'encenso,
N'as troubat dens lou serf, patien dens la doulou,
Qué lou poudé coumplet, couan t'a dit : « Oh! perdou.

» J'ai vécu jusqu'ici, le mal me ronge ;
» J'ai livré tout mon sang , et dans chaque campagne,
» Goutte à goutte, il vous fit fleurir quelques lauriers.
» Si vous nous voulez du bien, épargnez nos berceaux.
» Laissez pour les enfants les écoles ouvertes ;
» L'esprit seul viendra, réparant toutes pertes,
» Être immatériel par le ciel engendré,
» A son tour engendrer le bien, la liberté ! »

France ! France ! en avant, frappe bien fort ; la terre
Bénit partout ton nom uni à l'Angleterre ;
Elle demande secours pour tes frères opprimés
Qui moururent sur leur sol pour sauver leurs libertés.

Car il y a là-bas une autre nation française ,
Nation de héros, la France polonaise,
Martyrs volontaires ; au bruit du canon,
Frères avec les Français, ils furent au champ d'honneur.
Dieu nous a créés frères. — Aidez la Hongrie,
Coupez le nœud honteux qui attache l'Italie (2),
Relevez-les : — bientôt le nouveau boulevart
Contre l'Ours affamé formera un rempart ;
Ces peuples protecteurs, pour la France puissante,
Auront leur cœur, leur sang, l'Europe indépendante

» Qu'ey biscut dinqu'aci, lou niaou qué m'arrougagno,
» Qu'èy liourat tout moun sang ; y dens cado campagno,
» Goutto à goutto, qu'éou bit flouri caouqués laourès.
» Si boulet hà plà hèyts, espargnat noustés brès.
» Léchat, per lous maynats, las escolos oubertos ;
» L'esprit soul qu'anira réparan toutos pertos,
» Être immatériel per lou Ségné engendrat,
» A soun tour engendra lou bé, la libertat ! »

Franço, Franço, en daban, truco plà hort, — la terro
Qué bénedech toun noum liguat à l'Angleterro,
Qué démando sécours per lous frays oupprimats,
Qui mouriu sus lur soou t'abé lurs libertats!

Qu'ey a, per aquiou bach, gn'aout natiou francéso,
Natiou dé héros, la Franço-Poulounéso,
Boulentaris martyrs ; en aoudin lou canou,
Coum frays dab lous Francés qu'anèn aou camp d'aounou.
Diou qu'ens a noumats frays. — Ajudat la Houngrio,
Coupat lou noud hountous qui liguo l'Italio,
Rélébat-lous : — talèou lou nabèt boulébart
Countre l'Ours ahamiat qué héra bèt rempart ;
Lous poblés proutectous per la Franço puissento,
Qu'aouran lur cò, lur sang ; l'Uropo indépendento,

Marchera fièrement vers un autre avenir,
Et leurs tyrans honteux vous crieront : « Merci ! »

Oh ! si nous pleurons nos frères frappés par la mitraille
Si notre cœur saignant au bruit de la bataille
Sur chaque homme tombé ne pouvait que gémir,
D'un laurier aussi nous voulons les couronner.

Les rives de l'Alma, par notre sang rougies,
Ont porté avec leurs flots nos grandes pensées ;
Ils parlaient de leurs faits aux peuples éloignés ;
Rabaissant le Kalmouk, grandissant les alliés,
Ils disaient en tout lieu : « La France, l'Angleterre,
» D'un nouvel avenir doivent doter la terre.
» Peuples, l'esclavage doit bientôt cesser :
» Courez à leur soleil pour vous régénérer ! »

Jérusalem ! Jérusalem ! criaient les armées
Que Godefroy guidait. — Les premières croisades
Nous montraient alors le chemin d'Orient.....
Nous nous croisons aussi, nous, peuple fort et grand,
Criant : Sévastopol abaisse tes murailles ;
Le Français, ici-bas, du Dieu des batailles
A reçu d'en haut la grande mission
D'éclairer l'univers du flambeau *de l'amour.*

Fièro qué marchéra bers û gn'aout abéni,
Y lurs tyrans hountous qué cridéran : « Merci ! »

Oh ! si plouram lous frays trucats per la mitraillo
Si nousté cô saynan, aou brut dé la bataillo,
Sus cad' omi cadut nou poudè qué gémi
Per û laouré tabé qué courrem lous flouri.

Las ribos dé l'Alma, per nousté sang tintados,
Dab lurs flots qu'an pourtat noustés granos pensados,
Qué parlabon plà haout aous poblés eslouégnats ;
Rébachan lou Kalmouk, grandin lous Alligats,
Qué disèn en tout loc : « La Franço, l'Angleterro,
» D'û nabèt abéni qué ban douta la terro ;
» L'esclabatjé aci-bach, Poblés, qué déou cessa ;
» Courret à lur soureil per b'é régénéra ! »

<hr>

Jérusalem ! Jérusalem ! cridabon las armados
Qui Godéfroy ménè, — las prumèros croutzados
Qué mûchabon labets lou cami d'Oriant.....
Qu'ens croutzam nous tabés, nous, Poblé hort y gran,
Cridan : « Sébastopol ! abacho tas murrailhos,
» Lou Francés, aci-bach, déou Diou dé las batailhos
» Qu'a récébut d'en haout la grano missiou
» D'esclayra l'unibers déou flambèou dé l'amou. »

Et Bosquet est le bras de notre **Providence** !
Béarnais, il a compris que la **Toute-Puissance**
Se sert de son grand cœur comme l'ouvrier d'un outil :
Il marche en conquérant, il poursuit son destin.

Et Malakoff a dit à notre belle histoire :
Le nom de ce héros au temple de Mémoire
Pourra se placer près d'Uzer, Marancin,
Barbanégre, Gassion... Nous en avons tant chez nous
Que leurs noms dans ces vers *formeraient une litanie.*
Chaque paysan trapu qui court dans nos campagnes
A du sang d'HENRI qui coule dans ses veines,
Mais qui bout à l'appel du clairon provoquant
Au nom de Liberté de courir à la frontière
Ou d'aider son voisin menacé par la guerre.

Sur ta blessure, Bosquet, je pose mon laurier.
Je suis si fier de toi !... que je te chante le premier (3).

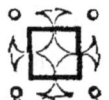

Y Bosquet qu'ey lou bras dé nousté Proubidenço !
Béarnés, qué coumpren qué la Touto-Puissenço
Qué's serb dé soun gran cô coum l'oubrè dé l'uti :
Qué marcho en counquérant qué persèc soun desti.

Y Malakoff qu'a dit à nousté bèro histouèro :
Lou noum d'aquet héros aou templé dé Mémouèro
Qu'es poudéra plaçe près d'Uzer, Maranci,
Barbanégré, Gassiou.... tans qu'en abem aci
Qué lurs noms dens mouns bers qué *héren litanios.*
Dinqu'aou paysà traput qui court dens las parquios
Qu'à lou sang d'HENRICOU dens sans béos coulan,
Qui bourech à l'appel déou clarou prouboucan
Aou noum de Libertat dé courré à la frountièro
Où d'ayda soun bési ménaçat per la guerro.

Sus ta plaguo, Bosquet, qué paousi moun laourè ;
Qué souy tan fier dé tu !... qu'eth canti lou prumè (2).

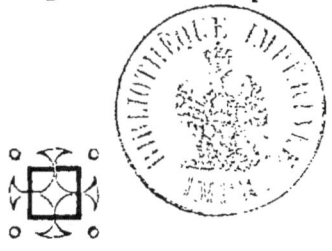

ADIEUX

Prononcés sur la tombe du maréchal BOSQUET par M. le maréchal NIEL, au nom de S. M. l'Empereur et de ses Frères d'armes.

« MESSIEURS,

» Une mort bien prématurée vient d'enlever à l'armée le plus jeune des maréchaux.

» Le maréchal Bosquet, ce héros de l'armée d'Orient auquel de longs jours semblaient promis, a succombé à ses souffrances. Il y a quelques mois, j'étais venu serrer la main du glorieux combattant de Sébastopol, qui déjà voyait la mort arriver; je viens aujourd'hui, au nom de ses frères d'armes, lui adresser le dernier adieu.

» Dès son début dans la carrière, le jeune Bos-

quet s'était acquis en Afrique une brillante répu-
tation. Ses grades, conquis dans de nombreux
combats, avaient fait ressortir son infatigable ac-
tivité, sa bravoure, sa haute capacité. Ses nobles
traits réflétaient sa vaste intelligence; son corps
défiait les plus rudes fatigues; il savait, dans le
combat, communiquer à ses soldats le feu qui
l'animait; tout annonçait en lui l'homme de guerre
accompli.

» Appelé à l'armée d'Orient, le général Bosquet
s'était illustré à la bataille de l'Alma, à celle
d'Inkermann et aux assauts de Sébastopol, où la
victoire semblait toujours marcher avec lui.

» Lorsqu'après tant d'exploits l'Empereur lui
donna le bâton de maréchal, la France entière
applaudit à ce choix. Le maréchal Bosquet, guéri
de ses blessures, était venu revoir sa vieille mère
et le beau pays qui l'avait vu naître. Dans la force
de l'âge, plein d'avenir, il jouissait à peine d'un
glorieux repos lorsqu'une maladie cruelle vint le
frapper, et le voilà déjà descendu dans la tombe.

» Mais si courte que la mort l'ait faite, la carrière
du maréchal Bosquet a été glorieuse, et elle laisse
un nom qui ne périra pas !

» Officiers et soldats qui êtes venus avec moi
rendre les derniers honneurs au maréchal, que la
douleur qui règne autour de vous, que cette im-
mense population qui se presse autour de sa tombe
soit à vos yeux un nouveau témoignage de sa gloire
et en même temps un grand exemple. Notre noble
pays n'est pas ingrat envers ceux qui le servent :
à toute époque il a payé de sa reconnaissance les
hommes qui ont contribué à sa grandeur. Aujour-
d'hui la carrière est ouverte pour tous. Cherchez
dans vos rangs les plus braves, les plus dévoués,
les plus dignes : voilà les maréchaux de l'avenir.

» Maréchal Bosquet, au nom de l'Empereur, au
nom de tes frères d'armes, je t'adresse ici les
derniers adieux ! — Repose en paix ! »

(Extrait du Mémorial des Pyrénées.)

NOTES.

---

(1) Divers bruits ont couru sur les vœux que quelques hommes auraient formés. Il m'est impossible d'y ajouter la moindre foi; il m'est impossible de supposer à un Français des sentiments anti-français , — ce serait une monstruosité.

(2) On a déjà dit depuis longtemps que l'Autriche *triche*, qu'elle joue *à cache-cache*. Dieu sait pourquoi. Le jour où elle se prononcerait ouvertement contre nous, la Hongrie se ferait hongroise et la Pologne polonaise.

Le Seigneur, il faut l'espérer, prendra ces peuples en pitié.

Deux ou trois années se sont écoulées depuis. Il était donné à Sa Majesté l'Empereur de réaliser une partie de mon rêve, rêve de poète, rêve de fou, dira-t-on. Soit… — L'Italie est devenue aujourd'hui une nation, grâce à la France, grâce à son illustre Chef.

(3) Le jour où je donnais une séance littéraire à Bagnères-de-Bigorre, à l'annonce de la prise de Malakoff j'improvisai ces vers.

A CLOTILDE.

On m'a dit que la pervenche
Et le saule qui se penche,
L'aquilon et l'avalanche
   Montrent Dieu.
L'alouette qui gazouille,
La fille qui s'agenouille,
   Chantent Dieu.

On m'a dit que les étoiles,
Quand la nuit déploie ses toiles,
Déchirant bientôt ses voiles,
    Montrent Dieu.
Du rossignol le ramage,
Le ruisseau dans son passage,
    Louent Dieu.

La neige qui s'amoncelle,
L'appel de la tourterelle
Répété par l'écho fidèle
    Peignent Dieu.
Et les roches qui chancellent,
Les pics, les agneaux qui bêlent,
    Disent Dieu.

Dans sa course vagabonde,
Le Gave bouillonne, gronde,
Il trouble la nuit profonde;

Mais pour Dieu,
Il murmure son cantique,
Et Philomèle l'imite,
Disant Dieu.

Tout le peint dans la nature,
L'homme doute... tout assure
Qu'il est grand, bon sans mesure ;
Que les cieux
Ne disent que ses louanges,
Répétées par les phalanges
Des heureux;

Hommage à M. Musset, Chef d'Institution.

—

MA MESSAGÈRE.

Fille de l'air, gente hirondelle,
Toi qui voyages en tout lieu,
De mon bel ange as-tu nouvelle?
M'apportes-tu gracieux aveu?

Gente hirondelle, oh ! redis-moi
Ses vifs serments d'amour et foi,
    Et d'Amélie
    La rêverie,
    Lorsqu'elle prie
    Le Ciel pour moi !

Il faut au cœur, quand il soupire,
Un doux baiser... un souvenir...
L'absence est un cruel martyre.
L'espoir nous aide à le souffrir.

Gente hirondelle, etc.

C'est qu'elle est belle, ma princesse !
De la rose elle a tout l'éclat;
Fière un peu plus qu'une duchesse,
Elle a de plus un cœur qui bat.

Gente hirondelle, etc.

Les cheveux noirs de l'Espagnole,
Plus beaux qu'on ne peut l'exprimer,
La démarche de la Créole,
Yeux bleus qui vous disent d'aimer.

Gente hirondelle, etc.

Oh! que j'aime à la voir sourire!
Il n'est pas de langue ici-bas
Qui pourrait peindre mon délire,
Au ciel peut-être il n'en est pas!

Gente hirondelle, oh! redis-moi
Ses vifs serments d'amour et foi,

    Et d'Amélie

    La rêverie

    Lorsqu'elle prie

    Le Ciel pour moi.

Hospice de Toulouse, 21 juillet 1861.

A Mademoiselle Marie S.....

—

AMOUR DE FEMME.

BOUTADE.

Nautonnier, quitte la plage,
Le soir est beau...
Là-bas, non loin de ce rivage,
Jeune fillette au blanc corsage
Attend sur l'eau.

Je vois briller dans ta nacelle
    Son bel œil noir;
Tel qu'une étoile il étincelle.
Ne tardes pas, la mer est belle
    Comme un miroir.

De son amour l'ardente flamme
    T'enivrera...
Fuis ses faveurs, garde ton âme,
Crains moins la mer qu'amour de femm .
    Car il tuera.

Serments d'amour, transports d'ivresse
    Tout passera;
Et dans ton cœur, plein de tendresse,
Oubli, — dédain, — à ta maîtresse
    Succèdera.

Toulouse, imprimerie Viguier.